侦探猫系列

体操馆里的陷阱

[法]克里斯蒂安·格勒尼耶 著

张昕 译

电子工业出版社
Publishing House of Electronics Industry
北京·BEIJING

Pièges à la gym !
© RAGEOT-EDITEUR Paris, 2018
Author: Christian Grenier
All rights reserved.
Text translated into Simplified Chinese © Publishing House of Electronics Industry Co., Ltd, 2022

本书中文简体版专有出版权由RAGEOT EDITEUR通过Peony Literary Agency Limited授予电子工业出版社，未经许可，不得以任何方式复制或抄袭本书的任何部分。

版权贸易合同登记号　图字：01-2021-5007

图书在版编目（CIP）数据

体操馆里的陷阱／(法)克里斯蒂安·格勒尼耶著；张昕译.--北京：电子工业出版社，2022.1
（侦探猫系列）
ISBN 978-7-121-42292-8

Ⅰ.①体… Ⅱ.①克… ②张… Ⅲ.①儿童小说-长篇小说-法国-现代 Ⅳ.①I565.84

中国版本图书馆CIP数据核字（2021）第227893号

责任编辑：吕姝琪　文字编辑：范丽鹏
印　　刷：北京天宇星印刷厂
装　　订：北京天宇星印刷厂
出版发行：电子工业出版社
　　　　　北京市海淀区万寿路173信箱　邮编：100036
开　　本：787×1092　1/32　印张：19.625　字数：258.2千字
版　　次：2022年1月第1版
印　　次：2023年4月第6次印刷
定　　价：140.00元（全7册）

凡所购买电子工业出版社图书有缺损问题，请向购买书店调换。若书店售缺，请与本社发行部联系，联系及邮购电话：（010）88254888，88258888。
质量投诉请发邮件至zlts@phei.com.cn，盗版侵权举报请发邮件至dbqq@phei.com.cn。
本书咨询联系方式：（010）88254161转1862，fanlp@phei.com.cn。

家里乱套啦!

咔嗒!

这是关门的声音。有人回来了。我正在沙发扶手上(这是我最喜欢的地方)昏昏欲睡,这声音把我吵醒了。

嗯,应该已经是下午4点40分了。

"赫尔克里,你好哇!"金发的乐乐一边把书包扔进柜子里,一边大声跟我打招呼。

"猫猫，下来！"红发的贝贝命令道，"我们得腾出一块地方来。艾米丽，你来帮我吧！"

哎哟，艾米丽·杜洛瓦也来了。她是双胞胎姐妹的好朋友，住在二楼。

我刚从沙发扶手上跳到地毯上，那三个女孩就把沙发往阳台玻璃门那边推了过去。

其中一个人从卧室里拿来一块羊毛地毯、几个呼啦圈，还有一个超级大的球。这个球朝我滚了过来，我躲开了。

这是乱搞什么呢！

转眼之间，客厅就变成了货真价实的艺术体操训练场地。

"咱们先从地面上的动作开始练习吧？"乐乐提议说。

她双手朝前伸,小跑着冲向羊毛地毯,做了一个侧手翻。只可惜,她撞上了茶几,摔倒在旁边的地毯上。

惨不忍睹……

"你跟萝拉差得远呢!"艾米丽大声说。

"试试这个球吧。"贝贝说,"来,接着!"

乐乐躺在地毯上,举高双脚,试图稳住那个大球……可是它掉了下来,再次朝我滚了过来!

我直接跳到了碗柜顶上。乐乐鼓起掌来:"要是赫尔克里去参加比赛的话,准能轻松得到第一名。"

咔嗒!

再次传来的关门声让三个女孩僵在原地。

麦克斯回来了。他是双胞胎姐妹的老爸。他走进客厅,目瞪口呆地站在原地。不对,他现在火冒三丈了。

"这是搞什么?马戏团吗?"

"我们要练习,所以得腾出一块地方。"乐乐说。

"六月末,博比尼要举行体操比赛。"贝贝解释说,"圣-德尼的所有学校都报名参加了!"

"你们可以去体操馆练这个,不是吗?"

"训练时间定在明天下午。"贝贝接着说,"李维老师要求我们必须自己在家多多练习。"

麦克斯跟艾米丽打了个招呼。接着,他对双胞胎姐妹悄悄做了个手势,意思是:你们的朋友不是住在二楼吗?她来咱们家干吗呢?

"艾米丽要参加比赛,"贝贝大声回答,"她之前在萝拉家练习。"

"她们要一起上场。"乐乐接着说。

"但是李维老师不同意。"艾米丽垂下头小声说,"萝拉比我强太多了。她要参加个人项目,我也一样。所以我才到这儿来了……我们可以互相帮助!"

"话说回来,爸爸,"贝贝说,"你今天怎么回来得这么早?"

就在这时,门铃响了。

"见鬼!"麦克斯低声嘟囔着,走过去开门,"这回又是谁啊?"

片刻之后,他大声说:"杜洛瓦先生!快请进!"

"贝弗瓦先生,您好!我女儿是不是……"

"对,没错,您放心吧,艾米丽在这儿呢!"

"汪汪汪——"

"啊,糟糕!"杜洛瓦先生叫起来,"波罗,回来,快点!"

已经晚了。他的斗牛犬挣脱了掌控,直接冲进了客厅,就好像一头莽撞的大象冲进了瓷器店。这个将近25千克重的大家伙一头撞开那个球,冲向了女孩们,朝她们热情地摇起了尾巴。

我也得到了相同的待遇。这只大狗已经成了我最好的朋友。不过,为了离我更近一点儿,他拼命地挠碗柜,弄掉了一个花瓶,还在

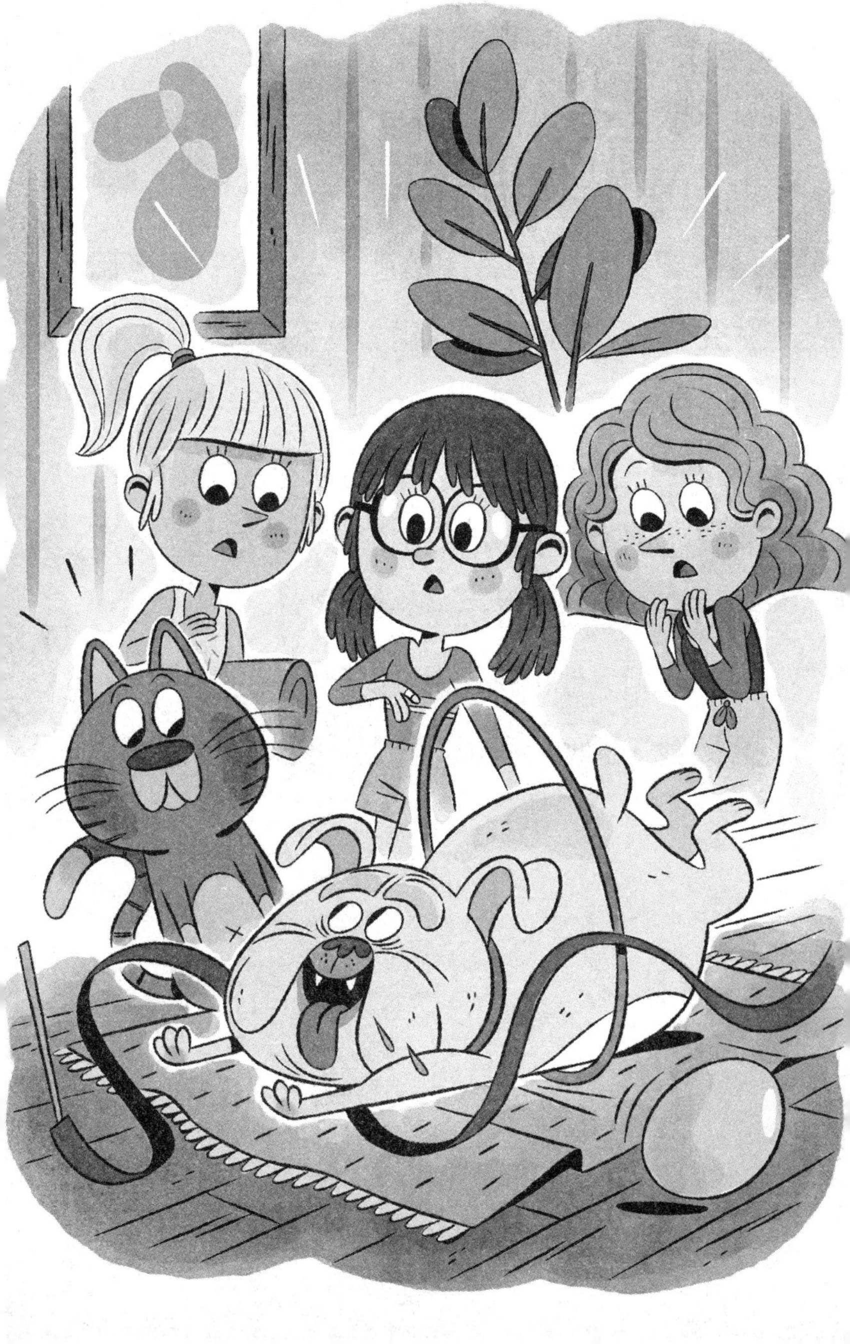

地毯上留下了一串长长的口水印子。是的，狗高兴的时候也会流口水。

"波罗，过来，立刻，马上！"杜洛瓦先生反复发出命令，"啊，真不好意思！"他转身对麦克斯说道。

"没关系。"麦克斯做了个鬼脸，"他们又看到对方了，所以都很高兴。这三个女孩也可以在这儿好好玩一会儿。"

呵呵，他也就是说说而已。

我知道他心里根本不是这么想的！

"厉老师"出场

"赫尔克里,别再跟着我们啦!"乐乐不高兴地说。

"马路上很危险!"贝贝跟着说,"快回家去吧。"

她们乐意怎么说就怎么说,反正我只凭自己的喜好做事。

没错,趁着双胞胎姐妹出门的工夫,我也溜了出来。就像每个周三、周六下午一样,我迈着小碎步,跟在她们俩身后不远的地方。

体操馆到我们家的距离大约是500米,它坐落在体育场旁边,看起来像一个巨大的橄榄球。

"赫尔克里,你不可能进得去的!"乐乐对我发出最后通牒。

"所以,你还是乖乖在这儿等着我们吧。"贝贝对我提出建议。

让我在这儿等她们?没门儿!

她们俩刚进大门,我就跑向了体操馆后侧,也就是装有排水沟的那一边。多亏了这些好玩意儿,我只用了10秒钟就跳上了体操馆最高的地方——呃,应该是最高的地方吧。

我停在自己最喜欢的观察点——用于馆内通风的天窗。大部分天窗都是半开着的。

这个观察点非常完美,我可以俯瞰整个体操馆:空着的阶梯座位、体操器械,还有地上铺的大垫子……全都一览无余。

女孩们已经来到了场地中间,身上穿着荧光蓝的体操服。教练还没来,有些女孩在跑步热身,互相聊天,另外一些女孩已经在训练了。我瞧见了那位有名的萝拉,她是艾米丽最好的朋友。找她很容易——萝拉的个子最高,身体也最柔软、灵活,总之,样样都最好。

"注意!注意!"其中一个正在聊天的女孩突然压低声音说,"老师来啦!"

"大家好……萝拉,请你站得再直一

点儿！"

"李维老师好！"20个女孩异口同声地大声说道。

她们不但声音整齐，列队也很整齐。只要李维老师在场是绝对不允许嬉笑打闹的。李维老师穿着黑色的体操服，一头白发，说话时有一种不可冒犯的权威感。所以，女孩们私下里喜欢叫她"厉威老师"——又严厉又有威风！不过，她虽然严厉，但一向很公正。

"法蒂玛，先弯曲双膝，屁股放在脚跟上，来个前滚翻。下一个，慢一点儿！"

很快就轮到双胞胎姐妹了。她们俩的项目是双人艺术体操。真是赏心悦目的表演！

"乐乐，滑步，转身……面对贝贝。单脚落地……不，双脚落地！"

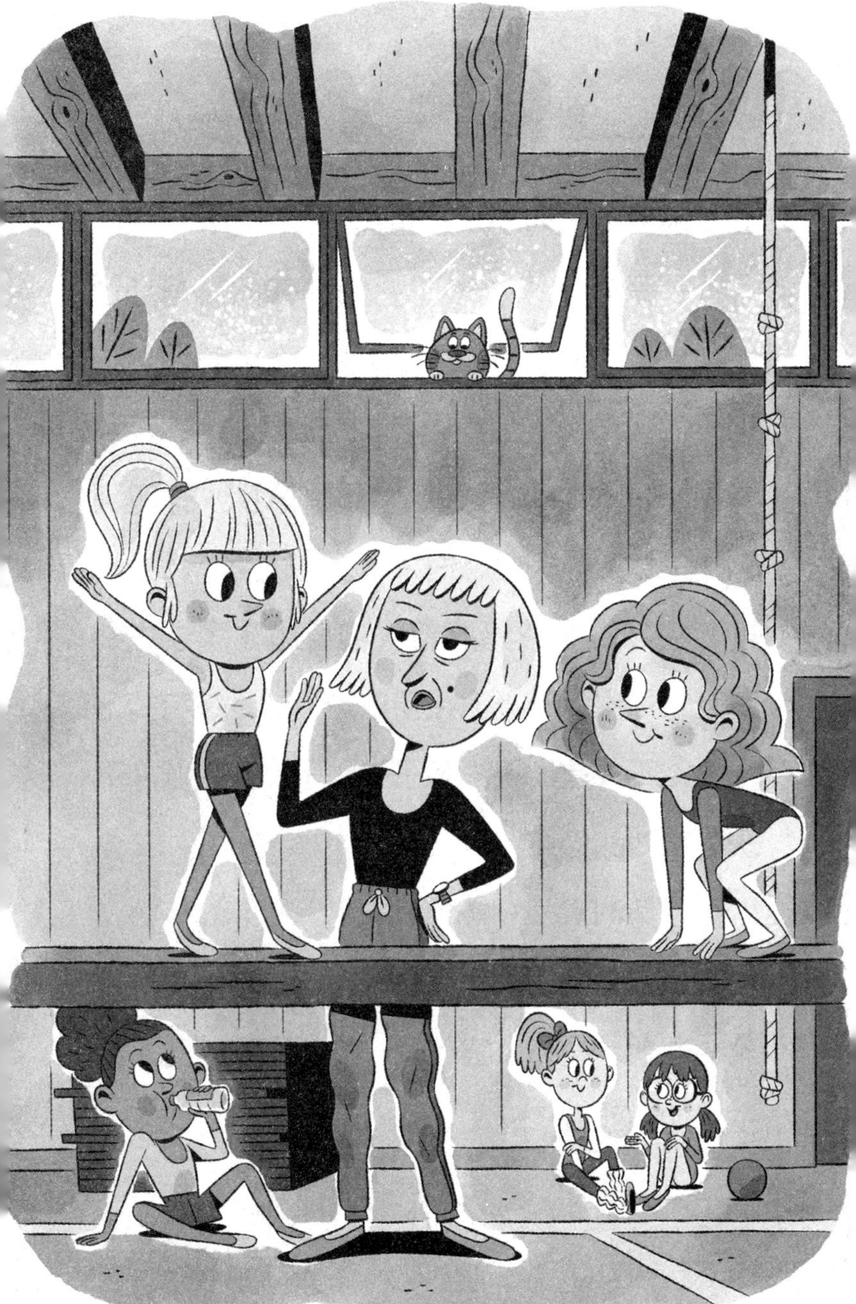

"汪汪汪——"

波罗的大叫差点儿害我失去平衡!

那只斗牛犬也来了。他坐在体操馆旁边的草地上。显然,他很嫉妒我。他一直跟着我们,很想跟我一起看女孩们的表演。

不过,狗狗朋友,你要想像我一样爬到这儿来,对你来说恐怕太难了。

突然,一只鸟擦着我的身边飞了过去。我赶紧伸出爪子,抓住窗户边,这才没有掉下去。难不成是一只没脑子的鸽子?还是俯冲下来袭击我的老鹰?

"马到成功!马到成功!"

真是难以置信,原来是奥拉夫——萝拉家的鹦鹉。看来,它跟我一样,跑到这儿来给主人加油助威了。

它落在我旁边，尖尖的嘴巴指向场地的正中间。

"汪汪汪——"波罗还在大叫着。

他说得不对。这只鹦鹉才不叫"汪汪汪"呢。

轮到艾米丽了。她往前走了几步，萝拉在她耳边说了几句鼓励的话。这两个女孩真是一对好朋友呀。

李维老师对艾米丽说："来练习一下你的侧手翻加原地跳跃……对！就是这样！单脚落地。"

"马到成功！"奥拉夫冲着场地大叫。

艾米丽被它的叫声干扰了——她的落地不稳。她努力想保持平衡，结果跪倒在垫子上。她非常难过。

我转向奥拉夫,愤怒地发出了呼噜呼噜的声音,意思是:滚开!

唉,鹦鹉听不懂猫语。

我觉得它们很蠢。它们只会学人说话,根本不知道自己说的是什么意思。

底下的人并不知道这些噪声是从哪儿来的。

现在轮到萝拉训练了。奥拉夫拍打着翅膀,就好像在为她鼓掌。啊,这只蠢鸟烦死我了!它的翅膀扇得我心烦,我往旁边挪了挪。女孩们的训练结束了。萝拉是最后一个离开的,因为李维老师把她留下加练10分钟。

我顺着排水沟灵巧地回到地面上,一点儿声音都没有。是的,我随身携带着小垫子(爪子上的肉垫)。

咦，波罗哪儿去了？

我绕过体操馆，在大门口发现了他——他的脑袋卡在玻璃门缝里了。

"呜呜呜呜！"他绝望地哀嚎着。

我明白了，他也想溜进体操馆里，结果钻到一半被卡住了。现在他进退不得！

"赫尔克里……快来救我啊啊啊啊！！！"

可是，如果25千克重的他都推不动这扇玻璃门，那我这只只有3千克重的小猫咪又能做什么呢？我跳到他身上，就像跳上一张蹦床，从卡住他的那道门缝里钻进了体操馆。

"不好意思啊，波罗，艾米丽她们马上就出来了，她们一定会救你的！"

说完，我飞快地跑去找双胞胎姐妹了。

"惊喜"来了。我刚跑上走廊（这条走廊一头是浴室，另一头是更衣室），突然感觉脚下打滑，就好像跑到了冰面上。更确切地说，地上好像有一层薄冰。

我刹不住，直接冲着墙滑了过去。

怎么办！我要撞成"猫饼"啦！

走廊上的"速滑道"

幸好，我的猫毛起到了减震作用。

众所周知，猫从高处掉下来的时候总能四脚着地。

我翻身爬起来，确认自己安然无恙。唔，好险。

可是，不管我伸开爪子还是缩着爪子，脚底下还是打滑，甚至比刚才更严重了！

我只好一步步地往前挪,小心翼翼地滑着走。

奇怪,地板上湿漉漉、黏糊糊的。

什么味儿?我吸了吸鼻子,忖量了半天。我的嗅觉还不错。

有东西粘在了我的胡子上。我辨认出了它的香味——一种蛋清洗发水!

嘎吱吱吱吱——

这是门的合页发出的声音。有人在开门,或者慢慢地关上门。哪扇门?浴室的门?还是更衣室的门?

不对,声音是从另一边发出来的。

我想去看个究竟。太难了,整条走廊的地板上都是这东西!没有颜色,又黏又腻,跟鼻涕一样。呃,恶心死了!

"行了，萝拉，今天就到这儿！"远处传来了李维老师的声音，"好孩子，我看你都快练烦了。快去洗澡吧！"

终于得到解放的萝拉高兴地冲向走廊，她跑得真快！

我绝望地喵喵大叫，警告她这里有"鼻涕陷阱"。

来不及了！于是，我只好全速冲刺，在她的眼皮底下摔了个四脚朝天。她总算是懂了！

她猛地停住了脚步，勉强来得及……好像……来得及……吧？

她还是没站稳，只来得及用两只手撑了一下，摔了个屁股蹲儿。还行，看起来不算太痛。

"呃……地上是什么啊？"萝拉不高兴地咕哝着。

浴室传来了答案。一个陌生女孩大叫起来："哎呀，你们谁拿了我的洗发水？"

"克莱芒丝，我们没拿！"贝贝说（我能听出她的声音），"没关系，你用我的吧。"

"可是,我那瓶是新买的,一升装!到底去哪儿了啊?"

离我三步远的地方,萝拉正手脚并用地在地上爬,看起来就像一只大蜘蛛。呃,不对,蜘蛛有8条腿。她的目的地是更衣室。

她大叫起来:"克莱芒丝,我不知道谁拿了你的洗发水,但我知道它在哪儿!你们快来看啊!当心脚下……"

女孩们来到走廊上,顿时满脸惊愕的表情。

"赫尔克里?"乐乐叫起来,"你怎么在这儿啊?"

没过多久,她们就指责我弄翻了洗发水——真是太过分了!

我小心翼翼地迈着小碎步,溜向体操馆

的大门。

咦，波罗怎么不见了？

肯定是哪位家长来接女儿，顺便把他也解放了。

既然我现在被困在体操馆里了，我决定到处探探险。正门、观众出入口、厕所、垃圾桶……到处都没有洗发水瓶的踪迹。

"到底是怎么回事啊！"克莱芒丝不开心地说。

女孩们准备回家了。难道克莱芒丝会故意把洗发水倒在走廊上吗？我看不太可能。

有人拿了她的洗发水，然后不小心弄翻了？

呃，那也不可能洒得满走廊都是啊！

谜题出现了。我决定……贝贝总爱怎

说来着？哦，对了——开始解谜！

一定要查个水落石出！

神秘的粉丝

"不行,赫尔克里!"贝贝对我说,"你绝对不能跟我们一起去训练。"

周六下午,双胞胎姐妹把我关在了客厅里,自己离开家去体操馆训练了。

对我来说,这根本不算问题。麦克斯总会忍不住去阳台上抽烟,趁他偷偷溜出去的时候,我也开溜了(当然,也是偷偷地)。我来到了屋顶上。

从屋顶到马路也根本不是问题。更妙的是，我比双胞胎姐妹到得还早，因为她们俩要先去二楼找艾米丽。

哎呀，糟糕，下雨了！冒险去屋顶上看看怎么样？不妙，窗户全都关上了。不过，我瞧见三个女孩一路跑了过来。

她们打开了大门，我利用这个机会钻进了体操馆，跟着她们来到了更衣室。

我选了一个半开着的空储物柜，钻了进去——绝对不能被人发现我。

我的鼻子很灵。我闻到贝贝、乐乐和艾米丽来了。我从柜子的缝隙里看出去，她们一边笑，一边抖着各自的大雨伞。

"你们好啊！"萝拉也出现了，她朝三

个女孩打招呼。

她打开了自己的储物柜,突然惊讶地叫起来:"哎呀,这是什么啊?"

显而易见,那是个巨大的袋子。

"哇!草莓软糖?我超爱吃!真是难以置信,是谁放的?"

"你看,"乐乐指了指袋子说,"袋子上还用粉色缎带系了一张卡片。"

"看来,"艾米丽说,"那个人肯定很熟悉你的口味!"

萝拉还没回过神来,那真是超大一袋草莓软糖!

"卡片上没有签名。"她有点儿失望地把那张卡片撕成了两半说,"上面写着'我是你的粉丝'。"

"恐怕是个女粉丝吧。"贝贝说。

"你怎么知道?"艾米丽看了一眼卡片说,"哎呀,萝拉,你可真幸运!应该是个很喜欢你的男生。"

"所以他才专门送了你最喜欢的礼物!"乐乐跟着说。

"可他是怎么打开我的储物柜的呢?"

我倒是更想问问他是怎么进来的,这里可是女生更衣室。要是有个男生一直在周围转来转去,那保安准会立刻把他赶出去的。只有像我这么机灵的侦探猫才不会被发现……

"我们能吃一块吗?"乐乐问。

"一块吗?嗯,当然可以!"

萝拉给了她们每人一块糖,但她很快就把口袋收了起来,因为其他女孩也来了,她不想把糖分给每个人。

"当心,'厉老师'来啦!"艾斯黛拉低声对大家说。

"哎,你们在偷懒吗?"

李维老师突然出现在更衣室里。

"都快点儿!我在等你们呢。"

女孩们匆匆忙忙地穿好体操服。萝拉偷偷摸摸地连续吞了1、2、3……呃,6块草莓

软糖,这才关上了储物柜。

"萝拉!你在干什么?"

"我,呃……什么也没干。"

"太可怕了!"李维老师嫌恶地大声说,"你在吃什么?"

她注意到了储物柜里的袋子,把它拿了出来,生气地说:"草莓软糖!天哪,萝拉,这玩意儿是糖精做的!更不用说那些毫无营养的色素!我早就告诉过你不可以……"

"老师,这不是我买的!是别人送的!"

"那你也不能像只填鸭一样,一次吃这么多!萝拉,我对你很失望。"

萝拉难过地垂下了头。我很同情她。萝拉个子最高,动作做得最好,而且还是最瘦的。就算她再长5千克,也根本不胖啊!

"同学们,你们都注意一点儿。我不想在体操馆里再看到任何糖果了!好了,快去训练!这件事就到此为止了!"

更衣室里现在空无一人,我总算可以自由行动了。

我先去闻了闻扔在地上的纸条。上面的字是打印出来的——这是为了让人认不出他的字迹吗?

写上"我是你的粉丝",还要再加上粉色缎带。没错,我不仅能听懂人类的语言,甚至连他们写的字都认识,还有算数……嗯,也算是会一些吧。你们很惊讶吧?

我觉得这件礼物很可疑,它证明了这个"粉丝"有萝拉的储物柜钥匙,或者是体操馆的备用钥匙。也有可能是这个"粉丝"先

"顺"走钥匙,打开萝拉的储物柜,把软糖放了进去?这份礼物感觉不太对劲啊。继洗发水事件以后,萝拉再一次成了目标……这是巧合吗?

反正被困在这儿了(我绝对不会去体操馆里冒险),我干脆伸出舌头,舔了舔掉在储物柜里的草莓软糖。

呃,李维老师说得对,这玩意儿的味道太奇怪了。

这一大袋糖果加在一起,也比不上我的一个猫罐头!

萝拉的健康证明不见了

周三下午,我再次来到了心爱的"宝地"——体操馆的天窗。李维老师还没来,但女孩们已经开始训练了。她们有的两人一组,有的单独练习。这是大赛前的倒数第二次集训。

没错,下周日就是比赛日!比赛在距离这里10千米的博比尼举行。参赛选手要坐大巴过去，我恐怕没法去观看她们的表演了。

"马到成功！"

突然，奥拉夫不知道从哪儿冒了出来。它使劲拍打翅膀，想要把我赶走。我气得够呛，朝它扑了过去。

"马到成功！"

我差一点儿就摁住它了。它被吓得半死，赶紧逃走了！时机正好。体操馆里，刚好轮到萝拉上场。我蹲在屋顶上看她，她的观众可不止我一个，所有女孩都停下来看着她，羡慕得不得了。

她的项目难度很高，她完成得非常好。最后，她在平衡木上做了个精彩的360度转身，跳了下来，稳稳地双脚落地。

简直完美！掌声四起。

"萝拉，你的健康证明呢？"

李维老师刚刚出现。她错过了萝拉的精彩表演，而且看起来很不高兴。萝拉愣住了，李维老师又问了一遍同样的问题。

"我的证明?我已经交给您了呀。上个月就交了,您不记得了吗?"

"记得,但我现在找不到了。昨天它还在我的桌子上。我刚才又回家找了一遍,还是没有。"

这句话让体操馆里陷入了一片寂静。

"可是……可是……"萝拉结结巴巴地说,"我向您保证……"

"我相信你。唉,这可糟糕了。如果没有证明,你就没法参加比赛。我必须找到它才行。"

萝拉目瞪口呆地站在那儿,突然哭了出来。

"别着急!"贝贝小声安慰她,"你明天再去找医生吧。他一定会再给你开一份证明的。"

"不行啊！今天已经是周三了，医生那儿早就约满了。我肯定没法按时拿到新证明，这太不公平了！"

萝拉哭得很伤心，没法继续训练了。她离开了训练场地。

"好了，你们都接着练吧。"李维老师情绪低落地说。

可是，所有女孩都没心思训练了。

我蹲在屋顶上，看见萝拉离开了体操馆。

她哭着跑了出去。一个蓝黄色的小天使飞在她的头顶上。

哦，不对，那是她的鹦鹉。

那只愚蠢的鸟紧紧跟着她，不停地大叫："马到成功！马到成功！"

我很担心萝拉,这件事令我义愤填膺。毫无疑问,有人一直给萝拉设下各种陷阱:走廊上的洗发水、储物柜里的软糖,再加上今天不翼而飞的健康证明!所有迹象似乎都表明,有人要阻止萝拉参加比赛。

到底是谁呢?

我,赫尔克里,赌上我天才侦探的荣誉,一定要查个水落石出!

我溜到体操馆门口,双胞胎姐妹刚好出来,她们后面跟着一起来训练的女孩们:艾斯黛拉、克莱芒丝、法蒂玛……

"赫尔克里,你怎么在这儿?"乐乐快步朝我跑过来,大声问道。

"坏猫猫,你真是屡教不改!"贝贝批评我。

"哎呀……好了，我们回家吧！"

"咦，你不跟我们回家吗？"

并不，我们只是正好遇到而已。我要到体操馆里面去。

我要找出那个"洗发水小偷"。

依我看，正是这个人手里有萝拉的储物柜钥匙。至于偷偷跑到李维老师办公室偷走健康证明的人，说不定……也是同一个人。

经过女生更衣室的时候，我突然看到一个黑影，她身上穿着很长的黑外套，戴着一个大大的兜帽。

还有女孩留在体操馆里吗？

她似乎走得很急。真可疑！

我停下脚步，准备转身去跟踪她。正在这时，一声叫喊让我再次停下了。

"真是难以置信!"

这是李维老师的声音。我一路小跑,来到她的办公室门口。门开着,李维老师手里挥动着一张纸。

她的另一只手里拿着手机。她对着手机嘟囔着说:"啊,您是萝拉的父亲吗?实在抱

歉，我刚刚找到她的健康证明了……嗯，对，就在一摞东西底下。我敢肯定，它今天早上真的不见了！您不用再去医生那儿了。请好好安慰一下萝拉！"

这回，我彻底搞不懂了。小偷为什么要偷走证明，然后又把它送回来呢？

我是真的有点儿无语了。不管用人语，还是猫语，这都解释不通啊！

不过，我毕竟是一只天才猫，还是一名侦探。

调查继续！

小偷的踪迹

今天是周六了。

我已经在屋顶坚守了三天,今天,我欣赏了女孩们的最后一次集训。双胞胎姐妹特别出色,李维老师表扬了她们。不过,最让她惊讶的是艾米丽。

"做得好!明天你一定能名列前茅!"

女孩们一个接一个地去浴室,双胞胎姐妹除外,她们俩总是一起行动。我在更衣室等她们。现在,大家看到我已经不再吃惊了。

嘎吱吱吱吱——

这是门的合页发出的声音,只有我注意到了这个声音,它勾起了我的回忆……萝拉洗完澡穿着浴袍来到更衣室,突然,她叫起来:"哎呀,我把体操服落在浴室了!我马上回来!"

她离开了更衣室。没过多久,一只体形硕大的斗牛犬闯进了更衣室,女孩们惊恐地大叫起来。

"没事,这是波罗!他是艾米丽的狗!"贝贝安抚大家。

"别怕,他很乖的。"乐乐跟着说。

新来的不速之客彻底抢了我的风头。女孩们围住他，不停地摸他的脑袋。他骄傲地昂着头，激动得直流口水。

"他是怎么跑到体操馆里面来的呀？"法蒂玛惊讶地问。

"他肯定是跟着赫尔克里来的！"艾米丽来了，她也穿着浴袍。

萝拉回来了，她完全没注意到波罗的存在。

"不好意思，你们看见我的体操服了吗？"

女孩们面面相觑。

"呃，没有啊。"艾斯黛拉摇了摇头说，"你放在哪儿了？"

"浴室里。它不可能长翅膀飞走啊！我已经到处都找遍了。"

"我说，各位同学，这些猫猫狗狗是怎么回事？"李维老师指着我和波罗，火冒三丈地问道。

"老师，您帮我把体操服收走了吗？"

萝拉急切地问道。

"什么？没有啊，怎么了？为什么这么问？"

"我的体操服不见了！我……我觉得有人拿走了。"

李维老师立刻命令道："请你们清空各自的储物柜！把体操服都拿出来！"

女孩们无声地执行了命令。很快，19件荧光蓝的体操服整齐地摆在了长凳上。

只缺一件——萝拉的那件。

"要是找不到的话，"李维老师叹了口气说，"那恐怕就麻烦了。"

"您没有备用的吗？"萝拉抱着一线希望问道。

"有。但没有合适你的尺码啊。"

李维老师下意识地扫视着体操馆里的每一个人。萝拉比她们都要高出一头，她根本穿不了其他人的体操服。所有女孩都沉默了。大家都很难过，要是没有颜色统一的体操服，那萝拉就没办法参加比赛了！

"好吧，我去找保安。也许他路过浴室的时候帮你把体操服收走了。你们把这些猫猫狗狗带出去！这里禁止动物进入。"

李维老师瞪了我们俩一眼。难不成，她怀疑是我们偷的吗？

艾米丽抓住波罗的项圈。乐乐也想过来抱我，但她可没我跑得快！

"赫尔克里，回来！"贝贝大声说。

没门儿。我从女孩们中间钻了过去，连蹦带跳地来到了走廊。哎呀！又来了一个挡路的家伙。

"马到成功！"

显然，这群参赛选手家里的宠物全都跑到这儿来聚会了。不过，奥拉夫完全不是我的对手，它绝对挡不住我。我跳了起来，朝它凶狠地叫了一声，它急忙躲开我的进攻，继续大叫："马到成功！"

我首先检查了浴室。保安刚巧从里面出来，两手空空。他把门关好，这扇门完全没有发出声音。

他走到放垃圾桶的地方，打开了门。

嘎吱——

那扇门立刻发出了声音。

接着，他离开了，门再次关上了。

嘎吱——

门再次发出了声音。

我紧跟着保安,来到了器械室。这次,他用钥匙开了门。

嘎吱吱吱吱——

终于,声音一模一样了!

胜利在望!

保安按了8个按钮,关闭了房间里的灯,我趁机快速检查了整个场地。

我绕过堆成一堆的瑜伽垫,突然发现一团打了好多结的绳子底下藏着一件荧光蓝的体操服。

Bingo!找到了!

我用力叼住体操服,把它拽了出来。它还在淌水……太恶心了!原来,体操服底下还藏着一个空的塑料瓶——蛋清洗发水!

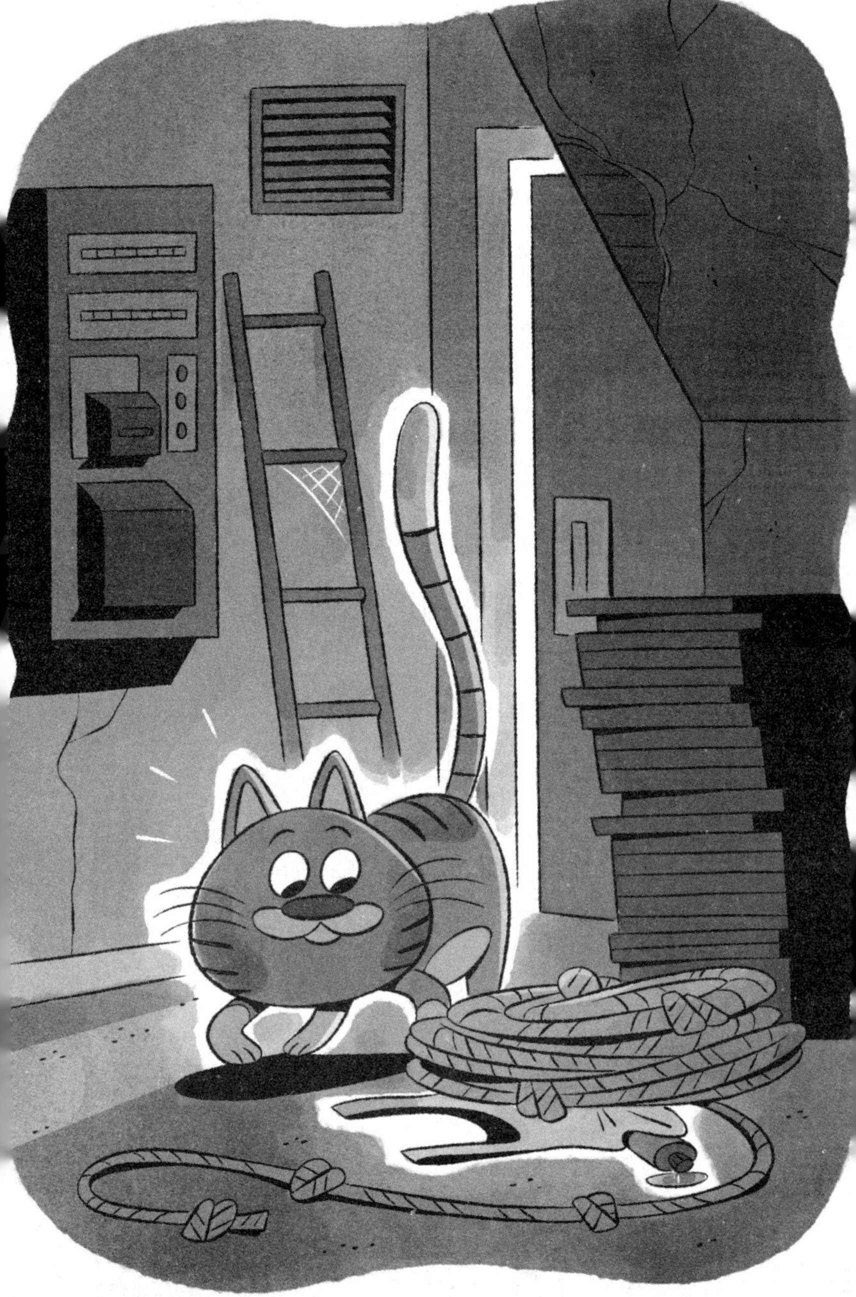

我全明白了,小偷把自己的罪证都藏在这里了。

标志性的合页摩擦声传来,我吓了一跳,紧接着,我听到了另外一个声音——咔嗒!

哎呀,糟糕!保安走了,还把门锁上了!

现在,我被困在体操馆里了!

就像一只掉进陷阱的老鼠。

太过分了!我明明是只猫!

莫名背锅的大救星

我不禁怀疑，难道……小偷就是保安？

他发现了我，所以才把我锁了起来？

我很难相信这个推测。

那个人不但有萝拉的储物柜钥匙，还有器械室的钥匙。不过，要拿到器械室的钥匙也很容易，因为保卫室的门总是开着的。

瞧，这地方有个天窗。耶，机会来了！

爬上去应该很容易，可我还得带着这件体操服。没错，这可是重要物证。

体操服湿透了，所以特别重，我费力地叼着它，一路爬到了瑜伽垫"小山"的最高处。

接着，我跳到一个旧跳马上面，总算能跳到带栏杆的天窗跟前了。我长叹一声，天哪，真够累的！

我毫不费力地从栏杆中间钻了出去。

现在，最繁重的工作来了——我得带上这件体操服去找萝拉。

"嗨！赫尔克里！你需要我帮忙吗？"

看来，艾米丽放开了波罗，他来找我了。

"快来帮我一把！呃……帮我'一嘴'？"

嗯，确切地说，他的确要用嘴。斗牛犬咬住体操服，把它甩到了自己的背上。干得不错！不过，即使对他来说，运走这件衣服也是一件麻烦事。

幸运的是，到了体操馆门口，我们再次遇到了女孩们。波罗成功得到了大家的关注。

"哇!"乐乐叫起来,"你们快看!那是什么?"

"波罗……萝拉,快来,波罗把你的体操服带来了!"贝贝开心地喊道。

只有艾米丽没回过神来。她瞪大了眼睛,看着自己的狗。

他这副样子确实有点儿可笑。

"我的体操服……没错!是我的!哦,波罗……"

萝拉拿起自己的衣服,仔细检查了一番,又拧干了上面的水。她很高兴地说:"一点儿都没坏!我真是太幸运了!"

"波罗!"艾米丽低声斥责说,"你这只坏狗!"

她非常生气,双胞胎姐妹也跟她一样。

在她们看来，小偷就是波罗！要不然怎么解释呢？

"艾米丽，别凶他了！不管怎么说，他把我的体操服送来了啊。这才是最重要的。幸好有个好结果，一切都过去了，我明天可以参加比赛啦！"

"咱们去告诉李维老师吧！"贝贝提议说。

女孩们都往回走。

只有艾米丽、波罗和我还留在原地。

艾米丽生气得直跺脚，小声嘟囔着什么，又露出一副认真思考的样子。

我很想知道她为什么是这样的反应。

萝拉去哪儿了？

我正在客厅里睡觉，突然听到了手机铃声。

麦克斯穿着睡衣冲出来，嘟嘟囔囔地抱怨道："见鬼！还不到8点呢，今天可是周日啊！"

等他接起了电话，语气立刻就柔和起来："哎呀，李维老师，不不不，您没有吵醒我们……没问题！我们下午2点开车去体操馆。回头见！"

正在这时，罗洁丝（双胞胎姐妹的妈妈）从卧室里出来了。

"今天下午，咱们得开车送她们俩去博比尼了。"麦克斯对妻子解释道，"学校只定了一辆9座的小巴士。"

"没关系。"罗洁丝打着哈欠回答，"反正咱们也要去给她们俩加油的，对吧？"

麦克斯看起来不太高兴。我倒是很高兴，要是他们开车去参加比赛的话，我说不定就能跟着一起去了。

搞定！他们出发的时候，我溜上了后座。麦克斯和罗洁丝强烈反对，乐乐叫起来：

"赫尔克里有权跟我们一起去,对吧?"

"对!"贝贝表示支持,"因为我们每次训练他都在!"

在体操馆门前,我们遇到了艾米丽的爸爸。咦,他今天没骑摩托车吗?没有。他是开车过来的,还带着波罗。

李维老师对家长和女孩们说:"大家快去更衣室拿好自己的东西!到了博比尼,我们还有两个小时的时间做最后的训练。"

双胞胎姐妹进了体操馆,我紧跟在她们身后。我们在走廊上遇到了艾米丽,她见到我们有些惊慌,立刻把手里拿的什么东西塞进了外套口袋里。

"你已经拿上体操服了吗?"贝贝问道。

"呃……还没有,我忘了。我跟你们一起去更衣室吧。"

到了更衣室,她把外套挂在衣架上,打开储物柜,把自己的荧光蓝体操服塞进了一个帆布袋里。

她看起来非常紧张,整个人心神不定,乐乐忍不住担心地问:"你真的没事吗?"

"没事。放心吧!"

然而,她非常局促不安。证据就是她居然忘记了自己的外套。只可惜,就算是我也没法让她注意到这一点。

我们离开了体操馆,李维老师正在清点人数。

"艾斯黛拉、法蒂玛,上车!嗯,很好,大家都来了……等等,萝拉没来。真奇

怪，5分钟之前她还在我身边呢！"

"萝拉吗？我看到她了。她妈妈开车带她走了。"艾米丽肯定地说。

"是吗？可她明明跟我说……算了，她也许是改主意了。"

"马到成功！"

"怎么回事?"李维老师吓了一跳,赶紧四处去看。

奥拉夫不知道从哪儿冒了出来。它好像快急疯了,绝望地拍打着翅膀,径直飞到了巴士司机跟前。不过,司机当然不让它上车。

"嘎吱吱吱——"它好像在模仿器械室那扇门的声音。

接着,它又朝艾米丽飞了过去,伸着嘴巴要啄她。艾米丽吓得大叫起来,逃到了她爸爸的车里。

"嘎吱吱吱——"鹦鹉大叫着飞远了。

我猜它是想让我跟上去。

"赫尔克里!"乐乐大声叫我。

"我们要出发了!坏猫猫,快回来!"贝贝生气地命令我。

没门儿。奥拉夫的举动实在太可疑了。
仅此一次,我决定相信这只鹦鹉。

真相大白!

奥拉夫在前面带路,我们来到了体操馆后面。它落在了一扇窗户旁边。我认得这个窗户,不久以前,我就是从那儿钻出来的!

"来人哪!快放我出去!"一个熟悉的声音正在大喊。

我纵身一跃,跳到了那扇小窗户边上。我从两根栏杆中间探头去看。我瞧见了萝拉,她正踮着脚尖,朝我这边绝望地挥舞着双手。

萝拉居然被关在器械室里了,真是难以置信!

"嘎吱吱吱——"奥拉夫还在模仿门的声音。

错不了,它肯定是目睹了整个过程,所以才会一直重复这个声音。

怎么才能把萝拉救出来呢?唉,我只是一只猫啊……

我想到了一个主意!我撒腿跑回小巴士那边,所有的汽车都已经发动了引擎,大家马上就要出发了。

"哎呀,你总算回来了!赫尔克里,快点儿!"贝贝叹着气说,"快过来,我们要走了!"

我没有听她的话,反而全速冲向体操馆的正门。跑过波罗身边时,我朝他喵喵大叫:

"波罗,跟上!快来帮忙!咱们得回里面去!"

波罗听懂了。他用自己的大脑袋使劲推着玻璃门……果然,他的脑袋卡在了门缝里,他眼看着就要喘不过气来了。

双胞胎姐妹赶紧跑过来解救他,帮他推开了门。

我趁机钻进大门,跑到前厅,波罗紧跟在我身后。

"赫尔克里!"乐乐大叫起来。

"波罗,快回来!"杜洛瓦先生跟着叫起来。

我听见身后传来杂乱的脚步声,太好了,他们跟来了!

我跑进更衣室,冲向艾米丽的外套。我

用爪子扒住外套口袋,使劲一拽,它就被我扯坏了。

"赫尔克里!"麦克斯生气地吼道,"你这是在干什么?"

正当其他人跟着我们跑进更衣室的时候,一把钥匙掉在了地上。

当啷!

李维老师捡起钥匙疑惑地说:"这是……这是器械室的钥匙!艾米丽,它怎么会在你的外套口袋里?"

没错,艾米丽也跟来了。她一动不动地站着,满脸通红。

呃,不对……现在她的脸色突然变得非常苍白!

接着,她在所有同学面前哭出声来——

没错，刚才上了小巴士的女孩们也都跟着跑过来了。

"是的，是我干的……我……我把萝拉关起来了！"

这句话太让人意外了。所有人都惊呆了，现场一片沉默。

"你把萝拉关起来了？"李维老师柔声重复道。

"是的，我跟她说，我们得把体操馆的灯都关上。她……她就进了器械室，我就把门锁上了。"

"钥匙是哪儿来的？"

"我从保卫室偷的，我们……我们得快点儿把萝拉放出来！"

大家再次惊讶得说不出话来。

接着,李维老师赶紧朝器械室跑去。

所有人都跟在她后面——包括我和波罗!

器械室的门紧锁着,李维老师把钥匙交给了艾米丽。

"去吧!帮你的朋友开门。"

艾米丽浑身颤抖,接过钥匙开了门。萝拉立刻扑进了她怀里。

"啊,艾米丽,你来救我了!谢谢!"

"是我干的……"艾米丽结结巴巴地说,"是我把你锁起来的。"

萝拉瞪大了眼睛。她明白了。接着,她指了指打了结的那堆绳子上的塑料空瓶。

"嗯,那也是我干的。"艾米丽点头承认,"克莱芒丝的洗发水。"

"那袋草莓软糖……?"

"也是我。我们在你家里一起练习的时候，我偷走了你的储物柜的备用钥匙。"

"还有我的健康证明？"

"还是我。但是我又后悔了，我把它放了回去。"

"我的体操服呢？"

"全都是我干的。我趁你洗澡的时候把它偷走了，然后藏了起来。"艾米丽羞愧地说。

"你……你……艾米丽……可是，为什么呀？我们不是好朋友吗？"

艾米丽抽抽噎噎地哭着说："萝拉，因为我嫉妒你！你实在太强了。我不想看你赢……啊，我真是太坏了！"

艾米丽放声大哭起来，萝拉紧紧地抱住了她。真是难以置信，受害者居然在安慰施害者！天下之大，无奇不有。

"艾米丽，别哭了。"萝拉在她耳边轻轻地说。

"我真是太坏了！我永远也不会原谅自己！"

萝拉笑着说："承认错误就得到了一半的原谅。现在，我把另一半原谅也给你。"

精彩的比赛

我跳上后座,躺在双胞胎姐妹中间。麦克斯一边开车,一边不停地跟罗洁丝唠叨:"这都是什么事儿呀!哎,罗洁丝,你说是吧,这都是什么事儿呀……"

"可不是,"贝贝说,"幸亏赫尔克里找到了钥匙。"

乐乐接着说:"艾米丽这回输光了,无

论是比赛,还是她跟萝拉的友谊。"

"那可不一定。"贝贝说,"她们说不定会给我们一个惊喜呢。"

贝贝说中了!

女孩们一到博比尼就进入场地列队,然后分头去准备自己的项目了。萝拉和艾米丽一起训练,她们俩决定恢复一个月前放弃的那套双人表演。

麦克斯出其不意地逮住了我。这个大坏蛋!他给我拴了一根绳子(人类管这东西叫牵引绳)。他牵着我进了主会场,坐在阶梯座椅上,两边分别是罗洁丝和杜洛瓦先生,后者还拽着波罗的项圈。我们从这儿能看到各个学校的参赛选手。真是太棒了!

"哎呀,"麦克斯叫起来,"咱们家的姑娘们上场啦!"

双胞胎姐妹来到评委们面前。她们向观众致意,然后开始了双人表演。一连串的高难度动作真是让人眼花缭乱!表演结束后,现场的200名观众为她们热烈鼓掌,掌声持续了很久很久。

萝拉和艾米丽最后出场。

李维老师坐在我们旁边。她期待又担心地看着她们。不过,萝拉和艾米丽表演得非常精彩,她们配合得连贯而流畅。

李维老师看出来了。

我们全都看出来了!

这两个女孩和好了。她们征服了观众,也征服了评委。短暂的休息评议之后,赛事主席通过麦克风宣布："评委们一致同意，今年的一等奖获得者是——圣-德尼的萝拉和艾米丽！"

"耶！"李维老师高兴地从座位上跳了起来，又稳稳地双脚落地！

"汪汪汪——"波罗大叫起来，他这是在说"太棒了！"。

"这不公平！"麦克斯表示反对，"我们家闺女的双人表演明明更精彩！"

远处的场地里，双胞胎姐妹一点儿也没生气，她们高兴地祝贺萝拉和艾米丽。她们也得到了一座很漂亮的奖杯——照我看，它实在有点儿太占地方了。

"现在，我们有请艾米丽和萝拉再次上场表演。"主席说。

她们充满活力的表演再一次获得了观众们的掌声。

趁着杜洛瓦先生起立鼓掌的工夫,波罗成功地蹿了出去,他跑到场地中间,去找自己的小主人。

哎呀,糟糕!他本来想越过跳马,结果没跳过去,摔在了垫子上。观众们一阵爆笑。

我当然也不能落后。麦克斯不小心解开了我的牵引绳,我立刻朝双胞胎姐妹冲了过去。她们俩临场发挥,举起一个体操圈,让我表演跳圈。波罗紧跟着我,他也想跳圈,但他实在太胖了,他卡在了圈里!

"马到成功!"一个熟悉的声音叫了起来。

果然是奥拉夫。它飞到了我们身边。

我们抢走了萝拉和艾米丽的风头。她们

站在了旁边。现在,观众全都在为我们几个鼓掌。

"马到成功!马到成功!"奥拉夫做出漂亮的滑翔动作,不停地叫着。

这一回,这只鹦鹉算是说对了——我们仨的表演确实非常成功。

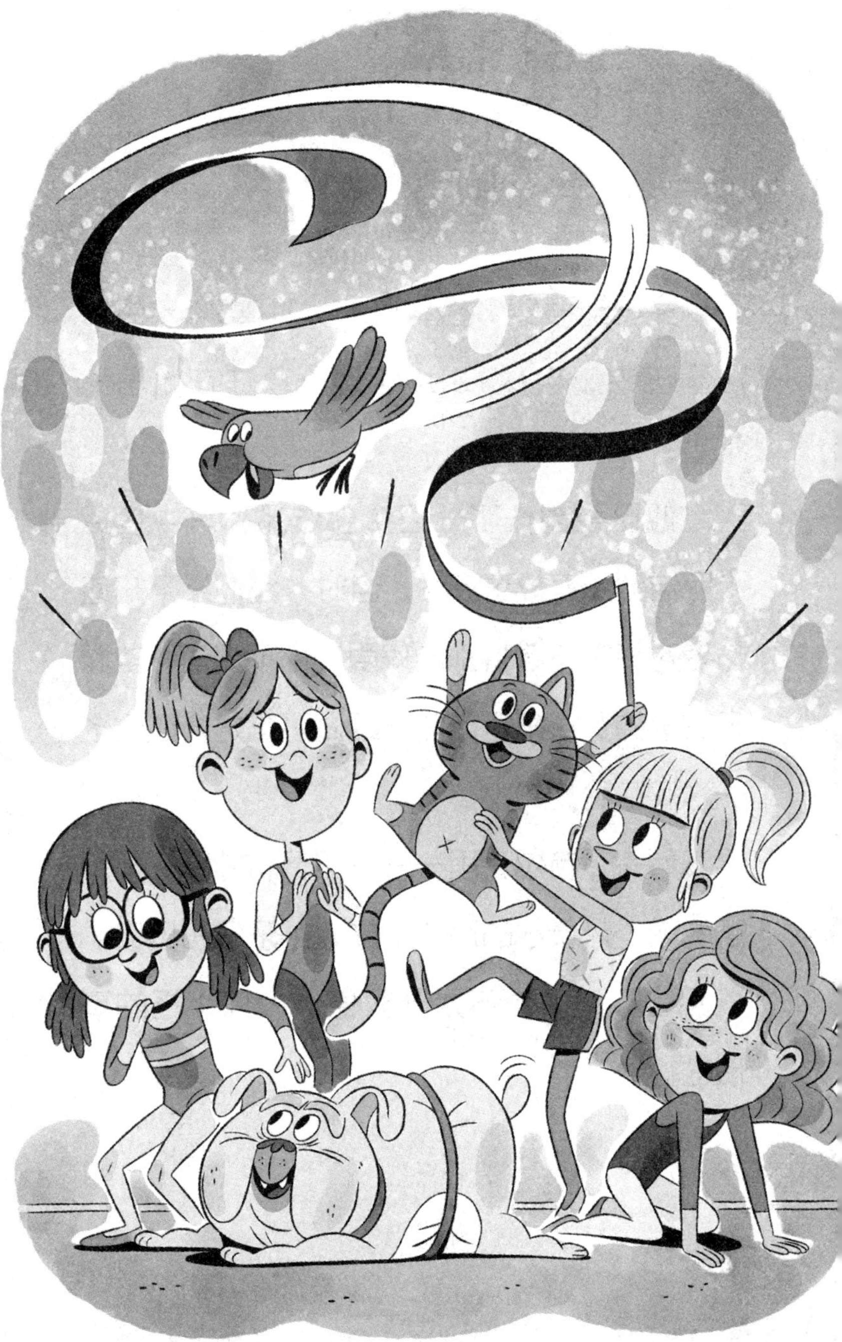

作者介绍

克里斯蒂安·格勒尼耶，1945年出生于法国巴黎，自从1990年起一直住在佩里戈尔省。

他已经创作了一百余部作品，其中包括《罗洁丝探案故事集》。当时，我们还不知道作者对猫咪有着特别的偏爱，也不知道这些探案故事的女主角罗洁丝已经做了妈妈，还生了一对双胞胎女儿。

看来，赫尔克里——一只具有神奇探案天赋的猫，带着他的两个小主人（乐乐和贝贝）一起去探案，也不是什么值得大惊小怪的事情啦！

插图作者介绍

欧若拉·达芒，1981年出生于法国的博韦镇。

她2003年毕业于巴黎戈布兰影视学院，此后在多部动画电影中担任人物设计和艺术总监。她曾经为许多儿童绘本编写文字或绘制插图，同时在儿童读物出版行业中工作。

她与自己最忠实的支持者——她的丈夫朱利安和她的猫富兰克林一起生活在巴黎。